August Uppenkamp

Das erste Buch Cicero's Über die Pflichten

August Uppenkamp

Das erste Buch Cicero's Über die Pflichten

Unveränderter Nachdruck der Originalausgabe von 1868.

1. Auflage 2024 | ISBN: 978-3-38613-662-4

Antigonos Verlag ist ein Imprint der Outlook Verlagsgesellschaft mbH.

Verlag: Outlook Verlag GmbH, Zeilweg 44, 60439 Frankfurt, Deutschland, info@outlook-verlag.de
Vertretungsberechtigt: E. Roepke, Zeilweg 44, 60439 Frankfurt, Deutschland
Druck: Libri Plureos GmbH, Friedensallee 273, 22763 Hamburg, Deutschland

Jahresbericht

über das

Königliche Katholische Gymnasium

in Konitz

vom Schuljahre 1867—1868,

mit welchem

zu der öffentlichen Prüfung am 13. August und zu den Schlussfeierlichkeiten am 14. August 1868

ergebenst einladet

Der Director des Gymnasiums,

Dr. August Uppenkamp.

Inhalt: 1) Das erste Buch Cicero's über die Pflichten, zum Uebersetzen ins Lateinische bearbeitet vom Director Dr. August Uppenkamp.
2) Quaestionum de adiectivis graecis, quae verbalia dicuntur, pars quarta. Scripsit Prof. Dr. Henricus Moiszisstzig.
3) Schulnachrichten vom Director.

Buchdruckerei von Fr. W. Gebauer in Konitz.

1868.

Das erste Buch Cicero's über die Pflichten, zum Uebersetzen ins Lateinische

bearbeitet vom Director

Dr. August Uppenkamp.

Vorbemerkungen über den Anschluss der Exercitien an die Classenlectüre.

Die Methode, das in fremden Sprachen Gelesene für die Uebersetzung in dieselben zu verwerthen, ist für die untere Lehrstufe mehr und mehr in Aufnahme gekommen; auf der oberen Lehrstufe dagegen pflegt nur für freie Ausarbeitungen der Stoff aus der Lectüre entlehnt zu werden. Seyffert hat im Anhange zu seinem Uebungsbuche für Secunda gezeigt, wie sich die Phraseologie der jedesmal gelesenen Stücke aus Cicero für Exercitien benutzen lasse. Mir scheint eine Methode, welche neben dem sprachlichen auch den sachlichen Inhalt des Gelesenen zur Nachahmung vorführt, noch weit empfehlenswerther. Auch ist eine solche nicht neu, wie die Materialien zum Uebersetzen aus dem Deutschen ins Lateinische von Firnhaber zeigen, in welchen die Grundsätze, die hier kurz angedeutet werden sollen, ausführlicher erörtert sind.

Der Anschluss der Exercitien an die Classenlectüre in Beziehung auf Inhalt und Sprache scheint am besten erreicht zu werden durch eine Umarbeitung des Schriftstellers, die sich weder zu enge an das Original anschliesst, noch zu weit von demselben entfernt, die zum Theile Bekanntes liefert, zum Theile Neues fordert. Bei dieser Umarbeitung ist eine Verkürzung des Originals von wesentlichem Nutzen, einerseits weil sie das Einhalten der bezeichneten Mitte erleichtert, anderseits weil sie die Möglichkeit gewährt mit einer umfangreicheren Lectüre gleichen Schritt zu halten. Bei der Umarbeitung des Schriftstellers ist als ein wichtiger Gesichtspunkt die Nachweisung des logischen Zusammenhanges festzuhalten. Hierdurch werden die Exercitien ein werthvoller Beitrag zum Verständnisse des Schriftstellers, während der Schriftsteller umgekehrt für das Exercitium die Mittel der Darstellung liefert. Ein Beispiel möge das zuletzt Gesagte veranschaulichen. Bei Cicero im ersten Buche de Oratore wird nach der Dedication zunächst das Wesen der Beredsamkeit untersucht. Die etwas versteckte Beweisführung in den Cap. 2—5 hat folgende Elemente: Die Anzahl der ausgezeichneten Redner ist kleiner als die Anzahl derjenigen, welche sich in andern Künsten (oder Wissenschaften) ausgezeichnet haben. Gründe für diese Erscheinung sind mehrere denkbar, keiner in Wirklichkeit zutreffend, ausgenommen die ungewöhnliche Schwierigkeit dieser Kunst. Diese ungewöhnliche Schwierigkeit erklärt sich nur aus dem Umstande, dass die Beredsamkeit eine Zusammenfassung vieler Künste und Wissenschaften ist. Dies Letztere war nachzuweisen, um den Begriff der Beredsamkeit festzustellen. Ich lege daher den Schülern eine deutsche Uebersetzung von Sätzen vor, wie sie hier, um die Vergleichung mit dem Originale in sprachlicher Beziehung zu erleichtern, in lateinischer Sprache folgen:

Antequam de singulis partibus eloquentiae dicam, repetenda mihi est memoria veteris cujusdam controversiae, quae saepe in nostris disputationibus versata est (6, 23), cum ego eloquentiam multarum ac paene omnium artium societate contineri statuerem, tu et eloquentiam et reliquas artes in suo quamque exercitationis genere positam putares. Ac primum mihi videtur quaerendum, quid sit, cur in ceteris artibus plurimi, in dicendo vix pauci admirabiles exstiterint. Omitto mediocres illas artes, in quibus multi aliquantum laudis assecuti sunt. In iis autem artibus quae vel magnitudine rerum gestarum vel utilitate omnium putantur esse maximae: in belli gerendi et reipublicae administrandae prudentia, nostri homines paene innumerabiles, in dicendo admodum pauci praestiterunt. Quanta in multitudine rerum et obscuritate pervestiganda illa omnium artium procreatrix philosophia versatur! Quam varia et subtilia et ab imperitorum intelligentia disiuncta mathematicorum et grammaticorum studia sunt! Quae qui scientia et cogitatione paene universa comprehenderunt, multo tamen plures sunt, quam qui dicendo valuerunt. Eadem poetarum praeclarorum ratio est, qui ut pauciores aliarum artium peritis, ita multo plures sunt praeclaris oratoribus. Idque eo magis mirandum est, quod haec dicendi ars in medio posita est et a consuetudine communis sensus minime abhorret, ut hoc ipsum maximum in oratore vitium sit, si a multitudine quamvis imperita parum intelligatur. Ac ne quis putet exigua praemia huic arti esse proposita et hanc esse causam eam, quam quaerimus: non modo apud Graecos cupidissimus quisque laudis adolescens studiosissime in eloquentiam incubuit, sed etiam nostri homines ne ingenio quidem Graecis inferiores studio propter magnitudinem et varietatem causarum etiam acriore ad dicendum enisi sunt. Ex quo apparet, quocunque te animo et cogitatione converteris, cur tanta sit praestantium oratorum paucitas, non aliam causam reperiri, nisi quod eloquentia conflata est ex multis artibus et inter se dissimillimis, in quibus singulis elaborare permagnum est, in universis excellere maius quam pro humanis viribus videtur.

Weil gerade bei Cicero oft der Gedankeninhalt und logische Zusammenhang durch die Fülle der Rede verdunkelt ist, so hat das Ausschälen des logischen Kernes für das tiefere Verständniss und in Folge dessen für die höhere Würdigung des Schriftstellers die allergrösste Bedeutung. Manches sachliche Material, wodurch das Verständniss des Ganzen oder des Einzelnen gefördert wird, lässt sich dabei gelegentlich verwerthen. (So sind dem nachfolgenden Stücke einige Bemerkungen über die Philosophie der Griechen, insbesondere der Stoiker, einleitungsweise vorausgeschickt).

Ein in der angegebenen Art gewonnener Stoff hat hauptsächlich den Vorzug, dass er nichts Fremdartiges oder Fragmentarisches in den Unterricht hinein trägt, sondern, nachdem zuvor ein tüchtiges Verständniss des Gedankeninhaltes erzielt ist, unter Anleitung des besten Musters den entsprechenden Ausdruck finden lehrt. Der lateinische Stilunterricht gewinnt dadurch eine Einheit und einen Mittelpunkt und eben dadurch ein erhöhtes Interesse. Auch der Schriftsteller wird mit grösserer Aufmerksamkeit gelesen, weil er sich zugleich für die Exercitien unmittelbar verwerthen lässt, und der Lehrer hat wieder in den Exercitien einen Masstab für den auf die Lectüre verwendeten Fleiss. Die dem Gedankeninhalte zugewendete Berücksichtigung lohnt sich durch sich selbst und schützt vor dem Ueberdrusse, welcher unvermeidlich• ist, wenn die lateinischen Stilübungen sich lediglich auf die Nachahmung der ciceronischen Ausdrucksweise beschränken.

Ich füge noch die Bemerkung hinzu, dass sich mir auch für m e t r i s c h e Uebungen die besprochene Methode vorzugsweise bewährt hat. Ich setze demnach mit Benutzung der im Original vorkommenden Ausdrücke Verse verwandten Inhaltes zusammen und lege dem Schüler eine deutsche Uebersetzung der so entstandenen Verse zum Uebersetzen ins Lateinische vor. Hierbei können nach dem Standpunkte der Schüler mancherlei Abstufungen der Schwierigkeit gemacht werden, indem die Ausarbeitung sich entweder enger an das Original anschliesst, oder weiter von demselben entfernt, ferner indem der Schüler entweder erfährt, welche von den dictirten Wörtern jedesmal zu einem, zu zwei . . . Versen, zu einem Hexameter, einem Distichon etc. zusammen gehören, oder indem ihm die Zusammenfügung ganz überlassen bleibt. Nachdem der Schüler so die nöthige Bekanntschaft mit dem Dichter selbst und mit der Prosodie und Metrik gemacht hat, kann er dazu übergehen, ähnliche Umarbeitungen oder Inhaltsangaben, z. B. von horazischen Oden, in demselben oder in verändertem Versmasse selbst anzufertigen.

Als Beispiel diene eine Umarbeitung von Virg. Aen. I, 1—90.

Dic mihi, Musa, virum, fatum cui triste deorum
Post patriae cineres superataque tanta pericla
Italiam dedit et Lavinia regna tenere.
Multos ille maris tempestatisque labores
Pertulit et belli casus caedesque suorum.
Italiam contra fuit urbs antiqua potensque,
Carthago, ante omnes sedes gratissima quondam
Iunoni; haec currumque deae servabat et arma,
Tendebatque animo hoc regnum dea gentibus esse.
Sed diversa tamen tristes sibi volvere Parcas
Audierat; nam bello atrox atque inclytus orbis
Imperio populus Troiano a sanguine ductus
Eversurus erat sacras Carthaginis arces.
Troiani laeti Sicula tellure relicta
Vela dabant, puppes spumam per caerula verrunt;
Tum vero ingentes Saturnia concipit iras

Aeoliamque petit, loca feta furentibus austris.
Aeolus hic ventos tempestatesque sonoras
Montibus impositis cohibet, quem summa dearum
Supplex aggreditur dictis ac talia fatur:
Aeole, nimborum tempestatumque potentem
Te vult esse pater divum, tibi tollere ventis
Et mulcere dedit fluctus. Mihi maxima cura
Nunc animum torquet: Teucrorum perdere gentem
Propositum est, tuaque arma mihi, tua flamina posco.
Tu fer opem, precor, et Troianas disiice ventis
Puppes atque ipsos submersos obrue ponto.
Ille refert: O magna deum regina hominumque,
Non mea sed tua sunt quaecunque haec regna Jovisque;
Tu me nimborum tempestatumque potentem
Fecisti, tu das epulis accumbere divum.
Praeterea nulli fas est tua temnere iussa.
Talia fatus erat, valida cum cuspide montem
Impulit in latus ac venti sua claustra relinquunt.
Una Eurus madidusque Notus creberque procellis
Africus erumpunt et terras turbine perflant.
Ad mare perveniunt celeres et littora pulsant
Fluctibus, ac pelagi simul et coeli fragor ingens
Intonat et crebris micat ignibus arduus aether.

Bearbeitung von Ciceros erstem Buche über die Pflichten.

Thales von Milet, der als Gründer der griechischen Philosophie angesehen wird, und seine nächsten Nachfolger[1]) beschäftigten sich vorzugsweise mit Untersuchungen über die Entstehung und den Urgrund des Weltalls, indem Thales das Wasser, andere die Luft oder den feurigen Aether als das Element bezeichneten, aus dem alle Dinge hervorgegangen seien. Unter diesen sogenannten[1]) Physiologen hat zuerst Anaxagoras von Clazomenae die Behauptung aufgestellt, dass die Welt von der Kraft und Vernunft eines unbegränzten Geistes entworfen[2]) und zu Stande gebracht sei. Sokrates verpflanzte demnächst die Philosophie auf das praktische und sittliche Gebiet, und nach seiner Anleitung begannen fast alle Philosophen

---

[1]) Relativsatz. — [2]) designare.

sich mit der Aufstellung von Sittenvorschriften zu befassen; wer dies vernachlässigte, schien kaum den Namen eines Philosophen zu verdienen. Zeno, dessen Meinungsgenossen Stoiker genannt werden, nahm eine durch die ganze Natur verbreitete, mit göttlicher Kraft begabte Vernunft an; wer diese Vernunft zur Richtschnur nehme, der sei weise, und darum sei das naturgemässe Leben das höchste Gut. Denn die von der Natur dem Menschen gegebene Vernunft übertrage die Aehnlichkeit der sinnlich wahrnehmbaren Dinge auf den Geist und lehre daher Schönheit, Ordnung und Uebereinstimmung in Entschlüssen und Handlungen beobachten, alles Wahre und Gute erstreben, alles Falsche und Böse meiden. Der Weise aber ist nach stoischer Lehre ein Ideal der Vollkommenheit; denn sie sagen, er könne weder irren noch getäuscht werden, noch einen Fehler begehen, auch fehle ihm nichts zur Glückseligkeit. Jede Handlung des Weisen nennen sie eine vollkommene Pflichthandlung, jede andere ein Vergehen, und weder bei dem Weisen, sagen sie, ist die eine Handlung besser, noch bei dem Thoren die eine schlechter als die andere; Einige behaupten auch, dass ein Fortschritt von der Thorheit zur Weisheit nicht möglich sei. Obgleich aber die vollkommene Pflichthandlung nur dem Weisen angehört, d. h. dem, der dem naturgemässen Leben als dem höchsten Gute nachstrebt, so nehmen doch einige Stoiker solche Pflichthandlungen an, die sie mittlere oder gemeine, d. h. auf das gemeine Leben bezügliche, nennen, und erklären sie so, dass sie sagen, eine mittlere Pflichthandlung sei diejenige, für welche ein annehmbarer Grund angeführt werden könne.

Wie die christliche Sittenlehre, weil sie von dem Glauben an einen Gott ausgeht, die Liebe zu Gott als höchsten Grundsatz der Sittlichkeit, oder als höchstes Gut aufstellt, so mussten die Stoiker, nachdem sie an die Stelle Gottes das Weltall gesetzt hatten, in dem Anschlusse an die Natur das höchste Gut erkennen. Denn sie sahen sehr wohl, dass die Sittlichkeit, wenn es überhaupt eine [1]) Sittlichkeit gebe, in der Anerkennung und Befolgung eines von der Willkür des Einzelnen unabhängigen Gesetzes bestehe. Darin aber irrten sie am meisten, dass sie annahmen, allein von der Erkenntniss dieses Grundsatzes und von dem Glauben [2]) an denselben sei das ganze Leben des Menschen abhängig und der ganze sittliche [3]) Werth [3]) desselben bestimmt. Denn nicht sowohl die Erkenntniss macht den Menschen tugendhaft, als vielmehr [4]) die Fähigkeit, den Lockungen der Begierden zu widerstehen und den Geboten der Vernunft zu gehorchen. Das ist auch [5]) dem Cicero nicht [5]) entgangen, der nach seiner Weise mehr [6]) wahr als consequent den ganzen Werth [7]) der Tugend in die Handlung setzt und der Erkenntniss nur so viel Zeit zugewendet haben will, als die Thätigkeit des Lebens erlaube.

Um zu entscheiden, was naturgemäss sei, nahmen die Stoiker als dem Menschen von Natur eingepflanzt den Trieb nach Selbsterhaltung und den nach Verbindung mit anderen

---

[1]) Cic. de Div. I. 1.: Magnifica quidem res et salutaris, si modo est ulla. Disjunctiv: aut nullam esse honestatem aut . . . positam. — [2]) Nicht fides. — [3]) honestas. — [4]) Fällt aus. — [5]) ne—quidem. — [6]) Doppelter Comparativ. — [7]) W. o. oder praestantia (pretium ist materieller Werth).

Menschen an. Durch diese werde der Mensch von der Natur dazu angeleitet, alles, was für sein eigenes Wohl und für das seiner Angehörigen dienlich sei, herbeizuschaffen und das in beiderlei Hinsicht Schädliche zu meiden. Aus dem Verlangen [1]) nach dem Vorhandensein [1]) menschlicher Gesellschaften und nach eigener Betheiligung [1]) an denselben entsteht nach ihnen der Wille, die für die menschliche Gesellschaft nöthigen Tugenden, die Gerechtigkeit und die Wohlthätigkeit, zu üben. Aus beiden Trieben geht der Muth [2]) hervor, welcher Mühen und Gefahren zur Verwirklichung seiner Absicht [3]) nicht scheut. Da ferner der Mensch die Vernunft vor allen Geschöpfen voraus hat, so ist ihm nicht nur das Streben nach Erkenntniss angeboren, sondern aus diesem geht wieder ein Trieb nach Selbstständigkeit hervor, vermöge dessen er nur diejenigen Vorschriften, die er als gut erkannt, befolgen und nur demjenigen Herrscher, den er für rechtmässig hält, gehorchen will. Auch aus diesem Triebe geht die schon angegebene [4]) Tugend hervor, welche Muth oder Hochherzigkeit genannt wird. Demnach giebt es, so sehr auch die Tugenden mit einander verflochten sind, im Ganzen vier verschiedene Arten derselben, so dass aus jeder derselben [5]) besondere Pflichten hergeleitet werden. Die erste [6]) Art der Pflichten bezieht sich auf die Klugheit und das Bemühen um Erforschung der Wahrheit, die zweite auf die Gerechtigkeit und die mit ihr verbundene Wohlthätigkeit, welche beide das Mittel sind die menschliche Gesellschaft aufrecht zu erhalten, die dritte auf den Muth und die Hochherzigkeit, durch welche der Mensch sich über alles Menschliche hinwegsetzt und Schmerz und Gefahren verachtet, um das Ziel seines Strebens zu erreichen, die vierte auf das Masshalten oder die Mässigung, die den ausschweifenden Begierden einen Zügel anlegt und in allen Werken und Handlungen den Anstand wahrt.

Um nun nach Cicero's Anleitung zu dem ersten Punkte überzugehen, [7]) so hat die Erforschung und Auffindung der Wahrheit und jede Art von Geschicklichkeit und Gelehrsamkeit immer zu grossem Ruhme gereicht. Aber der ganze sittliche Werth dieser Dinge beruht nicht sowohl auf ihrem Besitze als auf dem Bemühen und der Thätigkeit, mittels deren wir uns dieselben aneignen. Obgleich nun nicht zu leugnen ist, dass das Bemühen um Erkenntniss der Wahrheit der Natur des Menschen als eines vernünftigen Wesens vorzüglich angemessen ist, so darf man doch nicht über [8]) demselben diejenigen Pflichten vernachlässigen, zu deren Erfüllung eine gewisse äussere Thätigkeit erforderlich ist. Da jedoch die meisten Geschäfte bisweilen eine Unterbrechung zulassen und der menschliche Geist auch unter den Geschäften des täglichen [9]) Lebens niemals ruht, so sind wir im Stande die eine Art der Pflichten zu erfüllen ohne die andere zu vernachlässigen. Um nun in diesem Bemühen erhebliche [10]) Fortschritte zu machen, bedürfen wir nicht blos der Zeit und der Sorgfalt, auch nicht allein der geistigen Fähigkeit, sondern vorzüglich einer lauteren Liebe zur Wahrheit. Ohne diese werden wir, statt [11]) Irrthümer zu verbannen und die Wahrheit zum Gemeingute zu machen, nur fal-

---

[1]) Verbum. — [2]) Warum nicht animus? — [3]) D. h. dessen, was er beabsichtigt. — [4]) Relativsatz. — [5]) Anknüpfung durch pron. relat. — [6]) Cicero sagt: unum — alterum — tertium. — [7]) Seyffert, Scholae Lat. I., §. 7. zu Ende. — [8]) D. h. durch dasselbe verhindert. — [9]) communis. — [10]) Durch aliquantum. — [11]) non modo non, adeo non oder tantum abest, ut.

sche oder ungewisse Meinungen möglichst Vielen annehmlich zu machen suchen. Doch über den ersten Punkt möge das Gesagte genügen [1]).

Die Gerechtigkeit (denn dies war [2]) der zweite Punkt) besteht theils darin, dass man Niemand verletzt, es sei denn, dass durch Verletzung eines Anderen ein Unrecht, das dieser zu begehen im Begriff ist, verhindert, oder ein begangenes rechtmässig gestraft wird, theils darin, dass man nicht das, was einem Andern gehört, als Eigenthum ansieht. Denn wenn auch Jemand der Ansicht sein sollte, dass es von Natur gar kein Eigenthum gebe, und das, was für eines Jeden Eigenthum gilt, oft auf zufällige oder gewaltsame Besitznahme zurückzuführen sei, so kann doch nicht geläugnet werden, dass, wie [3]) einmal die Lage der Dinge ist, ein Jeder das behalten müsse, was nicht ein Anderer mit grösserem Rechte [4]) für sich beanspruchen kann. Dabei ist aber zu bedenken, dass allen Menschen die Verpflichtung obliegt, durch gegenseitige Dienstleistungen sich einander [5]) nach Kräften zu unterstützen. Daher ist die Wohlthätigkeit von der Gerechtigkeit nicht auszuschliessen. Die Hauptquellen der Ungerechtigkeit sind Habsucht und Ehrgeiz. Oft dient die Habsucht wieder dem Ehrgeize und der Herrschsucht, indem die Vermehrung des Besitzes nicht sowohl auf die Herbeischaffung der Lebensbedürfnisse und auf den Genuss von Vergnügen, als auf die Erwerbung von Macht und Einfluss zielt, zu denen man sich durch Geld am leichtesten den Weg bahnt. Daher meint Ennius, dass die Herrschaft der Könige mit Gerechtigkeit und Treue in Widerspruch stehe, und auch bei [6]) Caesar sahen wir, wie er durch jenes Laster verblendet alles göttliche und menschliche Recht mit Füssen trat. Nicht blos Unrecht thun, sondern auch Unrecht nicht verhüten, wenn man kann [7]), ist pflichtwidrig. In jenen Fehler verfallen am leichtesten die, welche sich um Staatsämter und Befehlshaberstellen bewerben, in diesen die, welche freiwillig auf dieselben Verzicht leisten. Plato hat daher keinen Grund zu behaupten, die Philosophen würden sich nur gezwungen mit Staatsgeschäften befassen. Denn sie haben im Gegentheil die Pflicht, zur Abwehr des Unrechtes und zur Aufrechterhaltung des Staates nach Kräften beizutragen. Besser ist der Ausspruch [8]), den Terenz seinem Chremes in den Mund legt, ihm sei nichts Menschliches fremd. Oft geschieht es aber, dass wir zwar die Fehler Anderer sehr scharfsinnig aufspüren, dagegen die Noth derselben, welche uns zur Hülfsleistung einladet, nur wie aus weiter Entfernung sehr undeutlich sehen. Uebrigens kann der Fall eintreffen, dass die Treue oder die Redlichkeit oder was sonst [9]) unter den Begriff der Gerechtigkeit fällt, scheinbar verletzt werden muss. Denn da die Gerechtigkeit Anderen zu schaden verbietet, so dürfen wir unser Wort nicht halten, wenn daraus dem, welchem wir es gegeben haben, Schaden erwachsen würde. Ebenso kann es Fälle geben, in denen das Versprechen nicht zu halten wenigstens erlaubt ist. Am meisten sind wir geneigt, gegen

---

[1]) Schlussformeln c. 8, 27; 13, 41. Vgl. Seyffert, I. §. 41. — [2]) Vgl. Off. I. 14, 44. — [3]) Qui (nicht qualis). — [4]) rectius. — [5]) inter se = sich einander. — [6]) Fällt aus. — [7]) Vom Infinitiv abhängig; also welcher Modus? — [8]) Seyff. Schol. Lat. II. §. 58. ff. — [9]) quidquid.

die, welche uns beleidigt haben, die Gerechtigkeit ausser Acht zu lassen. So[1]) rühmte sich Cornelius Sulla, wie es heisst, dass Niemand mehr als er seine Freunde belohnt, an seinen Feinden aber sich gerächt habe. Oft ist es im Privat- und im öffentlichen Leben besser, die Strafe, auch wenn sie verdient ist, zu erlassen. Auf jeden Fall ist in der Bestrafung Mass zu halten. So[1]) haben unsere Vorfahren zwar viele Völker mit Krieg überzogen, aber nach der Unterwerfung derselben sich gegen sie nicht grausam oder unmenschlich gezeigt, ausser etwa, wenn sie mit einem Volke um ihre Existenz kämpften, oder zuvor durch Grausamkeit zur Vergeltung aufgefordert waren. Ebenso waren sie in der Beobachtung derjenigen Bedingungen, welche zu einem rechtmässigen Kriege erforderlich erachtet wurden, äusserst gewissenhaft, wesshalb z. B.[2]) M. Cato seinen aus dem Heere verabschiedeten Sohn schriftlich ermahnte, sich nicht am Kampfe zu betheiligen, bis er sich durch Wiederholung des Eides die Berechtigung dazu erworben habe. Ich könnte[3]) noch viele andere Beispiele anführen, um zu beweisen, wie heilig auch den Feinden gegenüber der Eid galt; doch es genügt den Regulus zu erwähnen, der, wohl wissend, welche Qualen ihm die Feinde im Falle der Rückkehr bereiteten, doch kein Bedenken trug, dem gegebenen Worte getreu als Gefangener nach Carthago zurückzukehren.

In Beziehung auf die Wohlthätigkeit verfehlen sich die Meisten dadurch, dass sie, um für den Augenblick Dank zu erwerben, das wahre Wohl derjenigen, denen sie Wohlthaten zu erweisen scheinen, ausser Acht lassen; oder auch dadurch, dass sie Wohlthaten spenden von dem, was sie Anderen unrechtmässiger Weise[4]) entrissen haben. So sind Sulla's und Cäsar's Spendungen und Landanweisungen nicht als Handlungen der Freigebigkeit, sondern als Raub und Plünderung anzusehen. Ferner soll unsere Wohlthätigkeit nicht so gross sein, dass wir uns für die Zukunft der Mittel zur Wohlthätigkeit berauben. Denn wer allzu ausschweifend spendet, von dem muss angenommen werden, dass er sich nicht sowohl durch Theilnahme für das Wohl Anderer als durch Prahlerei und Ruhmsucht bestimmen lässt.[5]) Dasselbe gilt auch von denen, welche keinen Unterschied der Würdigkeit machen. Denn wir sollen zwar gegen Alle wohlthätig sein, aber doch am meisten[6]) gegen diejenigen, die entweder am meisten unserer Unterstützung bedürfen, oder die sich durch ihre Sitten am meisten empfehlen, oder die zu uns in der nächsten Beziehung stehen. In dieser Hinsicht gibt es keine wichtigere Pflicht, als die Dankbarkeit für Wohlthaten, die wir selbst empfangen haben; doch ist auch hierbei zu erwägen, welcher Grad von Zuneigung gegen uns die erwiesenen Wohlthaten veranlasst hat. Um diese und ähnliche[7]) Fragen zu beantworten, ist Erfahrung, Uebung und Scharfsinn nöthig. Wissenschaftliche[8]) Vorschriften lassen sich darüber nicht geben; doch scheint es nicht unangemessen, auf die verschiedenen Grade der menschlichen

---

[1]) Seyff. I. §. 76, besonders S. 173. — [2]) Seyff. §. 77. — [3]) Indicativ. — [4]) per iniuriam; in andern Fällen Adverbium. Die Umschreibung mit ratio ist meistens weder dem Sinne noch dem Sprachgebrauche entsprechend. — [5]) Durch das Passiv. — [6]) maxime. Was würde potissimum bedeuten? — [7]) Auch talis. — [8]) artis.

Gesellschaft und auf unsere Pflichten gegen diese etwas näher einzugehen. [1] Die ganze Menschheit ist durch die Vernunft und Sprache mit einander verbunden. Darum soll Jeder darauf bedacht sein, Etwas zum Nutzen Aller beizutragen, und Keinem wenigstens diejenigen Gefälligkeiten versagen, die er gewähren kann, ohne [2] selbst Schaden zu leiden. Unmenschlich wäre es daher, dem Verirrten nicht freundlich den Weg zu zeigen oder den um Rath Fragenden nicht zu belehren, oder irgend Jemand von denjenigen Dingen auszuschliessen, welche, wie Luft und Wasser, von der Natur Allen zum gemeinsamen Eigenthum bestimmt sind. Enger ist die Verbindung zwischen Mitbürgern, welche auch die Gesetze und Einrichtungen des Staates und den Gottesdienst gemeinsam haben; noch enger ist das durch Verschwägerung, endlich das durch Blutsverwandschaft geknüpfte Band. Aber das schönste und festeste von allen ist die Freundschaft, durch welche gewissermassen eine einzige Person aus mehreren gemacht wird. Die Verpflichtungen, welche wir gegen die einzelnen Theile der menschlichen Gesellschaft haben, sind auch der Art nach verschieden. Das Vaterland verpflichtet uns, zu seinem Schutze selbst den Tod willig zu erleiden; die Angehörigen verlangen vorzugsweise die nöthigen Mittel zum Leben; den Freunden sind wir Rath und Trost, zuweilen auch Tadel und Warnung schuldig. Dieses und Aehnliches müssen wir fleissig in Erwägung ziehen, wenn wir gute Berechner unserer Pflichten sein und Jedem [3] das was ihm zukommt gewähren wollen. Eine muthige und hochherzige Gesinnung, welche die dritte der von uns aufgestellten Tugenden ist, pflegt sich vor den übrigen des Beifalls und der Bewunderung der Menschen zu erfreuen. [4] Daher kommt es, dass in den ältesten Zeiten der Name dieser dem Manne eigenthümlichen Tugend, welche sonst [5] fortitudo genannt wird, auf alle Tugenden übertragen worden ist. Darum hiessen auch bei den ältesten Griechen die Besten diejenigen, welche sich durch Tapferkeit im Kriege auszeichneten, wenn sie zugleich [6] durch Körperkraft, durch Uebung in den Waffen, so wie durch Reichthum und Herrschaft Gelegenheit hatten ihre Tapferkeit im Kampfe zu bewähren, ohne dass bei dieser Bezeichnung Rücksicht genommen wäre auf das Sittlichgute, das wir untersuchen. Nun weiss aber Jeder, dass es keinen wahren Muth gibt, wenn er nicht mit Gerechtigkeit und Redlichkeit verbunden ist. Denn auch die Gerechtigkeit gilt mit Recht so viel, dass derjenige, welcher für die Ungerechtigkeit statt für das Recht kämpft, von Niemand für muthig gehalten wird. Dessen ungeachtet ist es eine sehr gewöhnliche Erscheinung, dass diejenigen, welche für muthig gehalten werden, weil sie die Gefahr verachten, sich dem Ehrgeize und der Herrschsucht ergeben und dadurch zur Ungerechtigkeit hinreissen lassen, [7] die alles Lob der Tugend aufhebt. Denn die Leidenschaften wachsen mit der Möglichkeit sie zu befriedigen. Nun stehen aber [8] dem Muthigen die wenigsten Hindernisse zur Erreichung seines Zweckes im Wege; er wird daher auch am leichtesten die Bahn des Ehrgeizes betreten, die nothwendig [9] zur Ungerechtigkeit führt. Der Muth beruht auf einer gewissen geistigen

---

[1] altius repetere mit indirectem Fragesatze. — [2] Nur nicht quin. — [3] Der Relativsatz voran und cuique nach dem Relativ. — [4] affici. — [5] Zu unterscheiden alias, aliter, alioquin. — [6] iidem. — [7] S. 10 A. 5. — [8] Seyff. I. §. 83. f. §. 20. — [9] Satz: necesse est (Natur- oder logische Nothwendigkeit, debeo von sittlicher Verpflichtung, oportet vom Bedürfnisse für Zwecke oder unter Umständen).

Verfassung, die theils in dem [1]) Urtheile besteht, dass das Sittlichgute das einzige Gut sei, und theils in der aus diesem Urtheile hervorgehenden Freiheit von allen Leidenschaften, [2]) d. h. von allen Begierden, welche das Mass der Vernunft überschreiten. Die bewirkende Ursache ist also die Ueberzeugung, dass entweder Nichts ausser der Tugend, oder wenigstens Nichts, was mit der Tugend im Widerspruch steht, wünschenswerth sei. Aus diesem Urtheile geht die Verachtung der Beschwerden und Gefahren und aller derjenigen Dinge hervor, die an der Erreichung der Tugend hindern; diese Verachtung erzeugt endlich diejenigen Thaten des Muthes, die, weil sie mehr als jene Gesinnung in die Augen fallen, mit besonderer Vorliebe gefeiert werden und den gewöhnlichen Tummelplatz für Redeübungen bilden. Geld und Ruhm und was sonst [3]) von den Menschen am meisten erstrebt wird, zu verachten ist ohne Zweifel ein Zeichen [4]) einer muthigen und hochherzigen Gesinnung; denn diese Verachtung gewährt diejenige Freiheit, auf welche das Bemühen des muthigen Menschen gerichtet ist. Viele dagegen streben nicht sowohl von ihren Begierden, als von der Herrschaft und dem Ansehen anderer Menschen, sich zu befreien und verfallen eben dadurch in die übermässige Begierde nach Reichthum und Macht, weil sie glauben durch diese es dahin zu bringen, dass sie Niemand zu gehorchen haben und sich einer königlichen Freiheit bedienen können. Wenn aber Jemand nur deshalb die Zurückgezogenheit liebt und sich von der Staatsverwaltung fern hält, um sich vor denjenigen Gemüthsbewegungen zu schützen, denen der Staatsmann mehr als der Privatmann ausgesetzt ist, so ist das ebensowenig ein Zeichen muthiger Gesinnung. Von grösserem Muthe zeugt es, Abweisungen und andere Unfälle, die mit der Bewerbung um Aemter verbunden sind, so gelassen zu ertragen, wie es von Cato von Utica gerühmt wird, als sich von der Staatsverwaltung in der Absicht fern zu halten, damit man nicht in die Lage komme, Proben seines Muthes ablegen zu müssen. Auch ist bei der Berufswahl nicht blos nach dem sittlichen Werthe eines jeden Berufes, sondern auch nach dem Masse der einem Jeden verliehenen Kräfte zu fragen.

Es gibt zwei Künste, welche Aussicht auf die höchste Stufe des Ansehens eröffnen, die [5]) Kunst des Feldherrn und die [5]) des Redners und Staatsmannes; denn von dem einen werden die Gefahren des Krieges abgewendet, von dem andern wird das, was den Frieden ziert, geschützt. Meines Erachtens ist diese letztere nicht geringer zu achten als jene. Ich will davon absehen [6]), dass zu dieser eine, wenn nicht grössere, doch wenigstens gleiche Gewandtheit des Geistes und vielseitige Kenntniss und Erfahrung und zumal in unseren [7]) unruhigen Zeiten auch ein nicht geringerer Muth erfordert wird als zu grossen Kriegsthaten. Das aber scheint mir von besonderer Wichtigkeit zu sein, dass in unserem Staate kein Krieg erklärt wird ausser nach dem Beschlusse des Senates und Volkes, bei denen die Stimme des Redners den Ausschlag gibt, kein angefangener Krieg anders als nach dem Plane eben derselben Körperschaft [8]) geführt wird. Und da die Kriegführung keineswegs immer zum Frommen des

---

[1]) Pronomen; gewöhnlich mit einer Erweiterung, wie at ... putes. — [2]) animi perturbatio ist das so Definirte. — [3]) S. 9 A. 9. — [4]) Fällt aus. — [5]) una—altera. — [6]) Formeln der praeteritio bei Seyff. I. § 43. — [7]) his. — [8]) Vom Senate ordo.

Staates ist, so eröffnet sich ein anderes noch fruchtbareres Feld für die Thätigkeit des Redners in der Verhinderung des Krieges und in der Vereinbarung des Friedens. Was soll ich von den bürgerlichen Unruhen sprechen[1]), die einerseits den Staat in nicht geringere Gefahr stürzen als auswärtige Kriege, und anderseits öfter durch politische Klugheit als durch Waffengewalt gedämpft werden? Wenigstens hat Pompejus mir das Lob gespendet; er würde trotz seiner grossen Kriegsthaten ohne meine, des friedlichen[2]) Consuls, Sorgfalt, nicht einmal eine Stätte zum Triumphe gefunden haben. Folglich höher als der Muth in der Entscheidung des Krieges steht die Klugheit im Beschliessen, und fehlt sie Jemand, so weiss ich nicht, ob derselbe überhaupt muthig genannt werden darf. Denn der Muth ist offenbar nur unter der Voraussetzung[3]) zu billigen, dass Unbesonnenheit fern ist, und diejenige höhere Geistesfähigkeit nicht fehlt, durch welche wir die Zukunft lange vorhersehen und für alle Fälle die geeigneten Massregeln vorher treffen. Die Gefahr herbeirufen ist nicht bloss eine Thorheit für den, der es thut, sondern auch ein Vergehen gegen den Staat. Dennoch thun es Viele, durch Ehrgeiz verleitet, um nicht als feige zu erscheinen. Während sie bereit sind, Gut und Blut für den Staat zu opfern, richten sie ihn zu Grunde durch die Furcht, an ihrem Ruhme Schaden zu erleiden. Nicht so handelte[4]) unser Maximus, dem sein Beiname, zum Schimpfe erfunden, bald zum schönsten Ehrentitel wurde. Wie der Ehrgeiz, so ist der Parteigeist, welcher bewirkt, dass nur für einen Theil gesorgt und der andere vernachlässigt wird, ein grosses Uebel im Staate. Den politischen Gegner, der doch nur eine abweichende Ansicht über die Staatsverwaltung zur Geltung bringen will, als Feind zu betrachten, ihn sogar durch falsche Beschuldigungen verhasst zu machen oder mit Arglist zu umstricken ist nicht blos eines guten Mitbürgers, sondern überhaupt[5]) eines guten Menschen unwürdig. Und selbst dann, wenn Jemand uns durch Hass und Feindschaft reizt, werden wir durch Milde und Versöhnlichkeit in der Regel mehr als durch Härte und Grausamkeit unsere Würde und unseren Ruhm schützen. Ist aber die Bestrafung gerecht und gesetzlich, so sei sie frei von Zorn, damit das rechte Mass nicht überschritten werde.

Noch schwerer als das Unglück lässt sich das Glück mit Gleichmuth ertragen. Deshalb hat Mancher im Unglücke eine löbliche Standhaftigkeit bewiesen und doch[6]) im Glücke sich nicht von Stolz und Uebermuth frei gehalten. Gegen[7]) diesen Fehler können wir uns durch die Ueberlegung schützen, dass alle menschlichen Dinge wandelbar und vergänglich sind, und dass wir uns im Glücke wie im Unglücke auf den künftigen Wechsel vorbereiten müssen. Ganz besondere Dienste wird uns in dieser Beziehung ein treuer Freund leisten, wenn wir im Stande sind einen solchen von dem Schmeichler zu unterscheiden, und nicht in dem Wahne jedes Lobes würdig zu sein den Lobsprüchen derer, die nach unserer Gunst trachten, unser Ohr leihen.

Es bleibt[8]) uns noch die vierte Tugend zu besprechen, welche wir Mässigung oder

---

[1]) Seyff. I §. 28. — [2]) togatus. — [3]) ita. — [4]) Fällt aus. — [5]) Fällt aus. — [6]) idem. — [7]) Bei diesem und sinnverwandten Verbis ab. — [8]) Seyff. I. §. 12.

Selbstbeherrschung genannt haben. In ihr zeigt sich vorzugsweise das Wohlanständige, das die Griechen πρέπον nennen. Freilich ist dasselbe nicht blos mit dieser Tugend, sondern gemäss[1] dem Zusammenhange, in welchem alle Tugenden mit einander stehen, auch mit der gesammten Sittlichkeit so enge verbunden, dass es mehr im Begriffe[2] als in der Wirklichkeit von derselben getrennt werden kann. Indessen gibt es doch Dinge, von denen wir sagen, dass sie wohl anstehen, nicht aber[3] dass sie sittlich sind. So[4] steht es dem grausamen Tyrannen wohl an zu sagen: Sie mögen hassen, wenn sie nur fürchten; aber den Minos oder Aeacus würde kein verständiger Dichter so reden lassen. Warum?[5] Was einem Jeden anstehe, das ist nicht nach den Gesetzen der Sittlichkeit, sondern nach der Natur eines Jeden und so zu sagen nach der Rolle zu ermessen, die er auf dem Schauplatze dieses Lebens spielt. Daraus ist leicht ersichtlich, dass vorzugsweise in der Uebereinstimmung und Consequenz das Wesen des Wohlanständigen besteht. Wie ferner die körperliche Schönheit auf dem richtigen Ebenmasse aller Glieder beruht, so lässt sich nicht ohne einigen[6] Grund behaupten, dass alle Schönheit als ein Ebenmass in der Mannigfaltigkeit, oder als eine Aehnlichkeit in der Verschiedenheit oder als eine Vereinigung und Harmonie der Gegensätze zu denken sei. Daher kommt es, dass gerade diese Uebereinstimmung in allen Worten und Handlungen und im ganzen Leben den Beifall der Menschheit erregt, dass mithin Alles, was anständig ist, die Liebe und Achtung anderer Menschen erwirbt. Es ist aber von der Pflicht geboten,[7] gegen die Meinung, welche Andere von uns haben, durchaus nicht gleichgültig zu sein. Das ist es, was wir Sittsamkeit nennen, und diese unterscheidet sich von der Gerechtigkeit dadurch, dass sie es vermeidet, nicht blos ein Unrecht an Anderen zu begehen, sondern auch das Missfallen Anderer zu erregen.

Um aber auf das oben Gesagte zurückzukommen,[8] dass nämlich das Wohlanständige auf der Uebereinstimmung mit dem Charakter beruhe, so muss bemerkt werden, dass alle Menschen einen gemeinsamen Charakter haben, durch den sie sich von den Thieren unterscheiden. Diesem Vorzuge und dieser Würde des Menschen entsprechend zu leben ist also einerseits wohlanständig, anderseits der Inhalt der Sittlichkeit. In diesem Sinne ist Alles, was sittlich gut ist, wie die vier genannten Tugenden, Klugheit, Gerechtigkeit, Muth, Mässigung, für einen jeden Menschen wohlanständig. Um also diese Art des Wohlanständigen zu beobachten, haben wir nicht das, was einem jeden einzelnen von uns von Natur eigenthümlich ist, sondern die allen Menschen gestellte sittliche Aufgabe zum Masstabe unseres Handelns zu nehmen. Zu diesem, was im weiteren Sinne das Wohlanständige genannt wird, kommt aber das als besondere Art der Gattung untergeordnete Wohlanständige, welches, weil es nicht auf Alle in gleichem Masse anzuwenden, sondern nach dem Charakter eines jeden Einzelnen zu ermessen ist, bei dieser vierten Tugend seine Stelle findet, weil das Wesen dieser vierten

---

[1] wie (ut) alle T. mit einander (inter se) verbunden sind oder w. oben S. 9 A. 3. — [2] cogitatione. — [3] Vollständig: honestas esse non dicimus, oder honestas non item. — [4] S. 10 A. 1. — [5] Seyff. I. §. 47 S. 91. — [6] sine ulla, aber non sine aliqua c. — [7] in officio est. — [8] Seyff. L §. 42.

Tugend in der Beobachtung des rechten Masses besteht. Denn das, was[1] die Griechen σωφροσύνη, wir Mässigung nennen, ist die Eigenschaft derjenigen, welche alle Begierden so zu regeln verstehen,[2] dass sie weder aus unbändiger Heftigkeit der Vernunft vorauseilen, noch aus Trägheit und Stumpfsinn hinter ihr zurückbleiben. Dieses Masshalten ist es, was vorzugsweise Gefallen erregt; das Gegentheil ist nicht blos für den Geist so zu sagen entstellend, sondern es gibt auch dem Körper ein hässliches Aussehen, wie dies bei Zornigen und Allen, welche leidenschaftlich erregt sind, oft wahrgenommen wird. Ein gewisser Ernst lässt sich von der Selbstbeherrschung nicht trennen, da sie als die schwerste von allen Tugenden nicht ohne grosse Aufmerksamkeit und Sorgfalt geübt werden kann. Ausgelassenheit in Spiel und Scherz wird daher von Allen als unanständig angesehen, vollends wenn noch solche Reden und Handlungen hinzukommen, die von Schamlosigkeit Zeugniss ablegen. Dass auch sinnliche[3] Vergnügen jeder Art des Weisen nicht recht[4] würdig sind, lehrt die Natur selbst durch Vergleichung der menschlichen Natur mit der thierischen, weshalb denn auch diejenigen, welche sinnlichem Vergnügen ergeben sind, dies aus Schamgefühl zu verheimlichen suchen. Aber nicht blos mit der allgemein-menschlichen, sondern auch mit der eigenen Natur muss man übereinstimmen. Denn da die Natur die Menschen nicht blos dem Körper, sondern auch dem Geiste nach verschieden geschaffen hat, so wäre von Allen das Nämliche zu verlangen eben so ungerecht, als wenn man an den, der an Schnelligkeit im Laufe dem Achilles gleich käme, die Anforderung stellte, er solle auch[5] an Körperkraft mit dem Milon wetteifern.

Wir erfahren daher aus der Geschichte, dass der Ernst eines Scaurus oder Drusus, eines Pythagoras oder Perikles ihren jedesmaligen[6] Zeitgenossen und Mitbürgern eben so wohl gefiel, wie das heitere und anmuthige Wesen eines Lälius oder die schalkhafte Verstellung eines Sokrates. Wir finden bei Hannibal und seinem Gegner Fabius Maximus die grösste Schlauheit, bei Andern wieder ein so schlichtes und einfaches Wesen, dass es ihnen unmöglich wäre, die Unwahrheit zu sagen oder hinterlistig zu handeln. Einige sind gegen Alle herablassend und umgänglich, Andere haben nichts Freundliches in der Unterredung. Und doch kann es sich ereignen, dass auch diese Anerkennung finden, wie von Xenokrates aus Chalcedon berichtet wird, dass ihn die Athener, als er einst Zeuge vor Gericht war, nicht schwören liessen, weil sie ihm auch ohne Eid glaubten. Da nun diese und unzählige andere Verschiedenheiten der Charaktere an sich keineswegs zu tadeln sind, und da, wie man zu sagen pflegt, ohne den Willen der Minerva Nichts weder gehörig gelingt, noch anständig ist, so folgt daraus,[7] dass Jeder seine eigene Natur, sofern sie nicht fehlerhaft ist und der allgemeinen Natur widerstreitet, zur Richtschnur seines Verhaltens nehmen muss. Nur so ist eine vor allen Dingen wohlanständige Gleichmässigkeit des ganzen Lebens zu erreichen; wer dagegen beständig auf fremde Beispiele hinschaut, der muss nothwendig oft mit sich selbst in Widerspruch gerathen, und ein solcher Widerspruch ist eben so wenig geziemend, als

---

[1]) Genus. — [2]) Fällt aus. — [3]) corporis. — [4]) satis. — [5]) S. 11 A. 6. — [6]) Suus steht bei quisque auch ohne Rücksicht auf das Subject des Satzes. — [7]) Nur nicht ex bei sequi.

wenn Jemand ohne Noth in seine Muttersprache Wörter einmischt, die aus anderen Sprachen entlehnt sind. Wissen doch[1]) die Schauspieler sehr wohl, dass nicht jeder für jede Rolle geeignet ist; wie sollte dies dem Weisen verborgen sein?

Zu denjenigen Aufgaben, welche die Natur dem gesammten Menschengeschlechte oder den einzelnen Menschen gestellt hat, kommt noch eine andere, die entweder durch den Zufall übertragen, oder durch die freie Wahl übernommen ist. Herkules hatte nach der schönen Dichtung des Prodicus die Wahl, welchen Lebenslauf er einschlagen wolle; die meisten von uns dagegen bilden sich nach den Beispielen der Vorfahren und befinden sich schon in einer bestimmten Lebensrichtung, ehe sie im Stande sind, eine selbstständige Entscheidung zu treffen. Auch ist die Nachahmung der Vorfahren an sich nicht zu tadeln, vorausgesetzt, dass wir nicht auch ihre Fehler nachzuahmen bemüht sind. Sofern aber uns selbst eine Entscheidung über unsern Lebensberuf, über unsern Charakter und unsere Grundsätze gestattet ist, müssen wir sorgfältig unsere eigene Natur zur Richtschnur nehmen und, wenn wir von dieser abgewichen sind, zwar nicht plötzlich, aber doch allmälig in einen anderen Pfad einlenken.

Dem Gesagten gemäss wäre hier der Ort über die gesammten Pflichten zu reden, welche die verschiedenen Verhältnisse des Lebens auferlegen. Denn es gibt offenbar verschiedene Pflichten für Jünglinge und für Greise, für Eltern und für Kinder, für Privat- und für obrigkeitliche Personen, verschiedene Pflichten gegen Mitbürger und gegen Fremde und vieles der Art, was hier zu behandeln zu weit führen würde[2]).

Insofern das Wohlanständige sich auch in der Haltung des Körpers offenbart, kann zu demselben die Sittsamkeit gerechnet werden, welche darin besteht, dass wir alles das verhüllen, was nicht ohne Verletzung der Schamhaftigkeit den Augen ausgestellt werden kann. Dem Körper gehört auch die Schönheit an, die beim Manne eine andere ist, als beim Weibe, und bei ihm durch Anstrengungen des Körpers, welche eine frische Gesichtsfarbe verleihen, nicht durch weibischen Putz und erkünstelte Gebärden gehoben wird. Macht sich doch auch jede geistige Störung unangenehm am Körper bemerkbar. Bei der Rede unterliegt zwar auch die Stimme, mehr aber der Inhalt, der besonders von Ausbrüchen des Zornes und der Schmähsucht frei sein muss, an dieser Stelle einer Beurtheilung. Ebenso kann die Wohnung, die Kleidung, ja selbst der Gesichtsausdruck, der Gang und jede Bewegung des Körpers den Gesetzen des Anstandes entsprechen oder nicht, weshalb in Schriften über die Pflichten über alle diese Dinge Vorschriften ertheilt werden. Endlich gehört noch hierher das, was die Griechen εὐταξία nennen, und was zwar auch durch modestia übersetzt werden muss, aber doch eine engere Bedeutung hat und als ein den Umständen[3]) angemessenes Verhalten zu erklären ist. Wenn wir z. B.[4]) allein sind, mögen wir immerhin unseren eigenen Gedanken nachhängen; in der Gesellschaft, bei heiterem Mahle, ist ein Witz oder ein Scherz an seiner Stelle, bei Verhandlungen über ernste Gegenstände nicht. Um auch in diesem Punkte das Schickliche zu treffen, bedarf es einer sorgfältigen Betrachtung und Uebung, durch welche

---

[1]) Enthymem nach Seyff. II §. 45. — [2]) longum est. — [3]) Der Zeit und dem Orte. — [4]) S. 10 A. 2.

eine Fertigkeit gewonnen wird, ähnlich der des Musikers, der die kleinste Dissonanz merkt, die ungeübten Ohren entgeht. Auch ist es nützlich, die Fehler an Andern zu beobachten, damit wir sie an uns selbst verbessern, und den Rath verständiger und erfahrener Menschen zu benutzen, auch den stummen Beifall oder das Missfallen Anderer nicht unberücksichtigt zu lassen, weil ja nur dasjenige schicklich ist, was Gefallen erregt. Endlich, da es Künste und Gewerbe gibt, die sich für einen freien Mann ziemen, und andere, die nicht als freie Künste betrachtet werden können, so muss auch von diesen hier die Rede sein, wo es sich um das Geziemende handelt, und es findet sich, dass vorzugsweise diejenigen Beschäftigungen zu billigen sind, bei denen das Streben nach Erwerb in den Hintergrund tritt, dagegen geistige Begabung und geistige Thätigkeit erforderlich ist. Unter den eigentlichen Gewerben ist nach der übereinstimmenden Ansicht der Römer der Ackerbau die edelste Beschäftigung; doch wird auch das Gewerbe des Grosshändlers nicht für unanständig gehalten.

Nachdem[1]) wir nun die vier Tugenden der Stoiker und die aus ihnen sich ergebenden Pflichten nach Anleitung des Panätius dargestellt haben, scheint es nöthig eine Vergleichung des Sittlichguten anzustellen, die Panätius übergangen hat, damit sich in denjenigen Fällen, wo mehrere Pflichten zusammentreffen, beurtheilen lasse, welche den Vorzug vor der andern verdiene. Zunächst nun stehen die Pflichten der Erkenntniss hinter denen zurück, welche wir gegen die menschliche Gesellschaft haben. Für die Römer wenigstens ziemt es sich, die praktische Thätigkeit, besonders die Sorge für den Staat, für die Rechtsverwaltung und für den Krieg, Dinge, in denen[2]) sie das Bedeutendste geleistet haben[3]), der Philosophie vorzuziehen, in der sie gestehen von den Griechen übertroffen zu sein. Die gesellschaftliche Verbindung ist von Natur das Erste, und aus ihr geht erst das Bedürfniss des Denkens und der Mittheilung der Gedanken hervor. Fraglich ist es aber, ob die Pflichten gegen die menschliche Gesellschaft, die wir oben als Gerechtigkeit und Wohlthätigkeit bezeichnet haben, auch immer über die Pflichten der Mässigung zu stellen sind. Denn es gibt Dinge, die zu[4]) unsittlich sind, als dass wir sie begehen dürften, auch wenn wir den Staat dadurch retten könnten. Freilich werden wir schwerlich in die Lage kommen, dass der Staat Derartiges von uns fordert.

---

[1]) Quoniam, nicht postquam. Seyff. I. §. 34. — [2]) Die Apposition (Dinge) ist im Relativsatze unterzubringen (quibus in rebus). — [3]) Nicht durch praestare. — [4]) Comparativ.